Todos los libros de Linkgua Ediciones cuentan con modelos de Inteligencia Artificial entrenados por hispanistas. Pregúntale al chat de tu libro lo que desees acerca de la obra o su autor/a.

Para ebooks: Accede a nuestro modelo de IA a través de este enlace.

Para libros impresos: Escanea el código QR de la portada con tu dispositivo móvil.

Obtén análisis detallados de nuestros libros, resúmenes, respuestas a tus preguntas y accede a nuestras ediciones críticas generativas para una experiencia de lectura más enriquecedora.
La transparencia y el respeto hacia la autoría de las fuentes utilizadas son distintivos básicos de nuestro proyecto. Por ello, las respuestas ofrecen, mediante un sistema de citas, las fuentes con las que han sido elaboradas.

Roberto Arlt

Dos relatos:

El jorobadito

Las fieras

Barcelona 2024
Linkgua-ediciones.com

Créditos

Título original: El jorobadito.

e-mail: info@linkgua.com

Diseño de la colección: Michel Mallard.

ISBN tapa dura: 978-84-9007-476-3.
ISBN rústica ilustrada: 978-84-9007-476-3.
ISBN ebook: 978-84-9953-101-4.

Sumario

Brevísima presentación

La vida

Roberto Arlt (Buenos Aires, 2 de abril de 1900-26 de julio de 1942). Argentina.
De padre prusiano, Karl Arlt, y madre italiana, Ekatherine Iostraibitzer, tuvo dos hermanas que murieron de tuberculosis.

Arlt practicó muy variados oficios. Fue, entre otras cosas, periodista ayudante en una biblioteca, pintor, mecánico, soldador y trabajador portuario.

El jorobadito

Los diversos y exagerados rumores desparramados con motivo de la conducta que observé en compañía de Rigoletto, el jorobadito, en la casa de la señora X, apartaron en su tiempo a mucha gente de mi lado.

Sin embargo, mis singularidades no me acarrearon mayores desventuras, de no perfeccionarlas estrangulando a Rigoletto.

Retorcerle el pescuezo al jorobadito ha sido de mi parte un acto más ruinoso e imprudente para mis intereses, que atentar contra la existencia de un benefactor de la humanidad.

Se ha echado sobre mí la policía, los jueces y los periódicos. Y ésta es la hora en que aún me pregunto (considerando los rigores de la justicia) si Rigoletto no estaba llamado a ser un capitán de hombres, un genio, o un filántropo. De otra forma no se explican las crueldades de la ley para vengar los fueros de un insigne piojoso, al cual, para pagarle de su insolencia, resultaran insuficientes todos los puntapiés que pudieran suministrarle en el trasero, una brigada de personas bien nacidas.

No se me oculta que sucesos peores ocurren sobre el planeta, pero ésta no es una razón para que yo deje de mirar con angustia las leprosas paredes del calabozo donde estoy alojado a espera de un destino peor.

Pero estaba escrito que de un deforme debían provenirme tantas dificultades.

Recuerdo (y esto a vía de información para los aficionados a la teosofía y la metafísica) que desde mi tierna infancia me llamaron la atención los contrahechos. Los odiaba al tiempo que me atraían, como detesto y me llama la profundidad abierta bajo la balconada de un noveno piso, a cuyo barandal me he aproximado más de una vez con el corazón temblando de cautela y delicioso pavor. Y así como frente al vacío no puedo sustraerme al terror de imaginarme cayendo en el aire con el estómago contraído en la asfixia del desmoronamiento, en presencia de un deforme no puedo escapar al nauseoso pensamiento de imaginarme corcoveado, grotesco, espantoso, abandonado de todos, hospedado en una perrera, perseguido por traíllas de chicos feroces que me clavarían agujas en la giba...

Es terrible..., sin contar que todos los contrahechos son seres perversos, endemoniados, protervos..., de manera que al estrangularlo a Rigoletto me creo con derecho a afirmar que le hice un inmenso favor a la sociedad, pues he librado a todos los corazones sensibles como el mío de un espectáculo pavoroso y repugnante. Sin añadir que el jorobadito era un hombre cruel. Tan cruel que yo me veía obligado a decirle todos los días:

—Mirá, Rigoletto, no seas perverso. Prefiero cualquier cosa a verte pegándole con un látigo a una inocente cerda. ¿Qué te ha hecho la marrana? Nada. ¿No es cierto que no te ha hecho nada?...

—¿Qué se le importa?

—No te ha hecho nada, y vos contumaz, obstinado, cruel, desfogas tus furores en la pobre bestia...

—Como me embrome mucho la voy a rociar de petróleo a la chancha y luego le prendo fuego.

Después de pronunciar estas palabras, el jorobadito descargaba latigazos en el crinudo lomo de la bestia, rechinando los dientes como un demonio de teatro. Y yo le decía:

—Te voy a retorcer el pescuezo, Rigoletto. Escuchá mis paternales advertencias, Rigoletto. Te conviene...

Predicar en el desierto hubiera sido más eficaz. Se regocijaba en contravenir mis órdenes y en poner en todo momento en evidencia su temperamento sardónico y feroz. Inútil era que prometiera zurrarle la badana o hacerle salir la joroba por el pecho de un mal golpe. Él continuaba observando una conducta impura.

Volviendo a mi actual situación diré que si hay algo que me reprocho, es haber recaído en la ingenuidad de conversar semejantes minucias a los periodistas.

Creía que las interpretarían, más heme aquí ahora abocado a mi reputación menoscabada, pues esa gentuza lo que menos ha escrito es que soy un demente, afirmando con toda seriedad que bajo la trabazón de mis actos se descubren las características de un cínico perverso.

Ciertamente, que mi actitud en la casa de la señora X, en compañía del jorobadito, no ha sido la de un miembro inscripto en el almanaque de Gotha. No. Al menos no podría afirmarlo bajo mi palabra de honor.

Pero de este extremo al otro, en el que me colocan mis irreductibles enemigos, media una igual distancia de mentira e incomprensión. Mis detractores aseguran que soy un canalla monstruoso, basando esta afirmación en mi jovialidad al comentar ciertos actos en los que he intervenido, como si la jovialidad no fuera precisamente la prueba de cuán excelentes son las condiciones de mi carácter y qué comprensivo y tierno al fin y al cabo.

Por otra parte, si hubiera que tamizar mis actos, ese tamiz a emplearse debería llamarse Sufrimiento. Soy un hombre que ha padecido mucho. No negaré que dichos padecimientos han encontrado su origen en mi exceso de sensibilidad, tan agudizada que cuando me encontraba frente a alguien he creído percibir hasta el matiz del color que tenían sus pensamientos, y lo más grave es que no me he equivocado nunca. Por el alma del hombre he visto pasar el rojo del odio y el verde del amor, como a través de la cresta de una nube los rayos de Luna más o menos empalidecidos por el espesor distinto de la masa acuosa. Y personas hubo que me han dicho:

—¿Recuerda cuando usted, hace tres años, me dijo que yo pensaba en tal cosa? No se equivocaba.

—He caminado así, entre hombres y mujeres, percibiendo los furores que encrespaban sus instintos y los deseos que envaraban sus intenciones, sorprendiendo siempre en las laterales luces de la pupila, en el temblor de los vértices de los labios y en el erizamiento casi invisible de la piel de los párpados, lo que anhelaban, retenían o sufrían. Y jamás estuve más solo que entonces, que cuando ellos y ellas eran transparentes para mí.

De este modo, involuntariamente, fui descubriendo todo el sedimento de bajeza humana que encubren los actos aparentemente más leves, y hombres que eran buenos y perfectos para sus prójimos, fueron, para mí, lo que Cristo llamó sepulcros encalados. Lentamente se agrió mi natural bondad convirtiéndome en un sujeto taciturno e irónico. Pero me voy apartando, precisamente, de aquello a lo cual quiero aproximarme y es la relación del origen de mis desgracias. Mis dificultades nacen de haber conducido a la casa de la señora X al infame corcovado.

En la casa de la señora X yo «hacía el novio» de una de las niñas. Es curioso. Fui atraído, insensiblemente, a la intimidad de esa familia por una hábil conducta de la señora X, que procedió con un determinado exquisito tacto y que consiste en negarnos un vaso de agua para poner a nuestro alcance, y como quien no quiere, un frasco de alcohol. Imagínense ustedes lo que ocurriría con un sediento. Oponiéndose en palabras a mis deseos. Incluso, hay testigos. Digo esto para descargo de mi conciencia. Más aún, en circunstancias en que nuestras relaciones hacían prever una ruptura, yo anticipé seguridades que escandalizaron a los amigos de la casa. Y es curioso. Hay muchas madres que adoptan este temperamento, en la relación que sus hijas tienen con los novios, de manera que el incauto —si en un incauto puede admitirse un minuto de lucidez— observa con terror que ha llevado las cosas mucho más lejos de lo que permitía la conveniencia social.

Y ahora volvamos al jorobadito para deslindar responsabilidades. La primera vez que se presentó a visitarme en mi casa, lo hizo en casi completo estado de ebriedad, faltándole el respeto a una vieja criada que salió a recibirlo y gritando a voz en cuello de manera que hasta los viandantes que pasaban por la calle podían escucharle:

—¿Y dónde está la banda de música con que debían festejar mi hermosa presencia? Y los esclavos que tienen que ungirme de aceite, ¿dónde se han metido? En lugar de recibirme jovencitos con orinales, me atiende una vieja desdentada y hedionda. ¿Y ésta es la casa en la cual usted vive? —y observando las puertas recién pintadas, exclamó enfáticamente—: ¡Pero esto no parece una casa de familia sino una ferretería! Es simplemente asqueroso. ¿Cómo no han tenido la precaución de perfumar la casa con esencia de nardo, sabiendo que iba a venir? ¿No se dan cuenta de la pestilencia de aguarrás que hay aquí?

¿Reparan ustedes en la catadura del insolente que se había posesionado de mi vida?

Lo cual es grave, señores, muy grave.

Estudiando el asunto recuerdo que conocí al contrahecho en un café; lo recuerdo perfectamente. Estaba yo sentado frente a una mesa, meditando, con la nariz metida en mi taza de café, cuando, al levantar la vista distinguí a un jorobadito que con los pies a dos cuartas del suelo y en mangas de camisa, observábame con toda atención, sentado del modo más indecoroso del mundo, pues había puesto la silla al revés y apoyaba sus brazos en el respaldo de ésta.

Como hacía calor se había quitado el saco, y así descaradamente en cuerpo de camisa, giraba sus renegridos ojos saltones sobre los jugadores de billar. Era tan bajo que apenas si sus hombros se ponían a nivel con la tabla de la mesa. Y, como les contaba, alternaba la operación de contemplar la concurrencia, con la no menos importante de examinar su reloj pulsera, cual si la hora que éste marcara le importara mucho más que la señalada en el gigantesco reloj colgado de un muro del establecimiento.

Pero, lo que causaba en él un efecto extraño, además de la consabida corcova, era la cabeza cuadrada y la cara larga y redonda, de modo que por el cráneo parecía un mulo y por el semblante un caballo.

Me quedé un instante contemplando al jorobadito con la curiosidad de quien mira un sapo que ha brotado frente a él; y éste, sin ofenderse, me dijo:

—Caballero, ¿será tan amable usted que me permita sus fósforos?

Sonriendo, le alcancé mi caja; el contrahecho encendió su cigarro medio consumido y después de observarme largamente, dijo:

—¡Qué buen mozo es usted! Seguramente que no deben faltarle novias.

La lisonja halaga siempre aunque salga de la boca de un jorobado, y muy amablemente le contesté que sí, que tenía una muy hermosa novia, aunque no estaba muy seguro de ser querido por ella, a lo cual el desconocido, a quien bauticé en mi fuero interno con el nombre de Rigoletto, me contestó después de escuchar con sentenciosa atención mis palabras:

—No sé por qué se me ocurre que usted es de la estofa con que se fabrican excelentes cornudos —y antes que tuviera tiempo de sobreponerme a la estupefacción que me produjo su extraordinaria insolencia, el cacaseno continuó—: Pues yo nunca he tenido novia, créalo, caballero... le digo la verdad...

—No lo dudo —repliqué sonriendo ofensivamente—, no lo dudo...

—De lo que me alegro, caballero, porque no me agradaría tener un incidente con usted...

Mientras él hablaba yo vacilaba si levantarme y darle un puntapié en la cabeza o tirarle a la cara el contenido de mi pocillo de café, pero recapacitándolo me dije que de promoverse un altercado allí, el que llevaría todas las de perder era yo, y cuando me disponía a marcharme contra mi voluntad porque aquel sapo humano me atraía con la inmensidad de su desparpajo, él, obsequiándome con la más graciosa sonrisa de su repertorio que dejaba al descubierto su amarilla dentadura de jumento, dijo:

—Este reloj pulsera me cuesta 25 pesos...; esta corbata es inarrugable y me cuesta 8 pesos...; ¿ve estos botines?, 32 pesos, caballero. ¿Puede alguien decir que soy un pelafustán? ¡No, señor! ¿No es cierto?

—¡Claro que sí!

Guiñó arduamente los ojos durante un minuto, luego moviendo la cabeza como un osezno alegre, prosiguió interrogador y afirmativo simultáneamente:

—Qué agradable es poder confesar sus intimidades en público, ¿no le parece, caballero? ¿Hay muchos en mi lugar que pueden sentarse impunemente a la mesa de un café y entablar una amable conversación con un desconocido como lo hago yo? No. Y, ¿por qué no hay muchos, puede contestarme?

—No sé...

—Porque mi semblante respira la santa honradez.

Satisfechísimo de su conclusión, el bufoncillo se restregó las manos con satánico donaire, y echando complacidas miradas en redor prosiguió:

—Soy más bueno que el pan francés y más arbitrario que una preñada de cinco meses. Basta mirarme para comprender de inmediato que soy uno de aquellos hombres que aparecen de tanto en tanto sobre el planeta como un consuelo que Dios ofrece a los hombres en pago de sus penurias, y aunque no creo en la santísima Virgen, la bondad fluye de mis palabras como la piel del Himeto.

Mientras yo desencajaba los ojos asombrados, Rigoletto continuó:

—Yo podría ser abogado ahora, pero como no he estudiado no lo soy. En mi familia fui profesional del betún.

—¿Del betún?

—Sí, lustrador de botas..., lo cual me honra, porque yo solo he escalado la posición que ocupo. ¿O le molesta que haya sido profesional? ¿Acaso no se dice «técnico de calzado» el último remendón de portal, y «experto en cabellos y sus derivados» el rapabarbas, y profesor de baile el cafishio profesional?...

Indudablemente, era aquél el pillete más divertido que había encontrado en mi vida.

—¿Y ahora qué hace usted?

—Levanto quinielas entre mis favorecedores, señor. No dudo que usted será mi cliente. Pida informes...

—No hace falta...

—¿Quiere fumar usted, caballero?

—¡Cómo no!

Después que encendí el cigarro que él me hubo ofrecido, Rigoletto apoyó el corto brazo en mi mesa y dijo:

—Yo soy enemigo de contraer amistades nuevas porque la gente generalmente carece de tacto y educación, pero usted me convence... me parece una persona muy de bien y quiero ser su amigo —dicho lo cual, y ustedes no lo creerán, el corcovado abandonó su silla y se instaló en mi mesa.

Ahora no dudarán ustedes de que Rigoletto era el ente más descarado de su especie, y ello me divirtió a punto tal que no pude menos de pasar el brazo por encima de la mesa y darle dos palmadas amistosas en la giba.

Quedóse el contrahecho mirándome gravemente un instante; luego lo pensó mejor, y sonriendo, agregó:

—¡Que le aproveche, caballero, porque a mí no me ha dado ninguna suerte!

Siempre dudé que mi novia me quisiera con la misma fuerza de enamoramiento que a mí me hacía pensar en ella durante todo el día, como en una imagen sobrenatural.

Por momentos la sentía implantada en mi existencia semejante a un peñasco en el centro de un río. Y esta sensación de ser la corriente dividida en dos ondas cada día más pequeñas por el crecimiento del peñasco, resumía mi deleite de enamoramiento y anulación. ¿Comprenden ustedes? La vida que corre en nosotros se corta en dos raudales al llegar a su imagen, y como la corriente no puede destruir la roca, terminamos anhelando el peñasco que aja nuestro movimiento y permanece inmutable.

Naturalmente, ella desde el primer día que nos tratamos, me hizo experimentar con su frialdad sonriente el peso de su autoridad. Sin poder concretar en qué consistía el dominio que ejercía sobre mí, éste se traducía como la presión de una atmósfera sobre mi pasión. Frente a ella me sentía ridículo, inferior sin saber precisar en qué podía consistir cualquiera de ambas cosas.

De más está decir que nunca me atreví a besarla, porque se me ocurría que ella podía considerar un ultraje mi caricia. Eso sí, me era más fácil imaginármela entregada a las caricias de otro, aunque ahora se me ocurre que esa imaginación pervertida era la consecuencia de mi conducta imbécil para con ella.

En tanto, mediante esas curiosas transmutaciones que obra a veces la alquimia de las pasiones, comencé a odiarla rabiosamente a la madre, responsabilizándola también, ignoro por qué, de aquella situación absurda en que me encontraba. Si yo estaba de novio en aquella casa debíase a las arterias de la maldita vieja, y llegó a producirse en poco tiempo una de las situaciones más raras de que haya oído hablar, pues me retenía en la casa, junto a mi novia, no el amor a ella, sino el odio al alma taciturna y violenta que envasaba la madre silenciosa, pesando a todas horas cuántas probabilidades existían en el presente de que me casara o no con su hija. Ahora estaba aferrado al semblante de la madre como a una mala injuria inolvidable o a una humillación atroz. Me olvidaba de la muchacha que estaba a mi lado para entretenerme en estudiar el rostro de la anciana, abotagado por el relajamiento de la red muscular, terroso, inmóvil por momentos como si estuviera tallado en plata sucia, y con ojos negros, vivos e insolentes.

Las mejillas estaban surcadas por gruesas arrugas amarillas, y cuando aquel rostro estaba inmóvil y grave, con los ojos desviados de los míos, por ejemplo, detenidos en el plafón de la sala, emanaba de esa figura envuelta en ropas negras tal implacable voluntad, que el tono de la voz, enérgico y recio, lo que hacía era solo afirmarla.

Yo tuve la sensación, en un momento dado, que esa mujer me aborrecía, porque la intimidad, a la cual ella «involuntariamente» me había arrastrado, no aseguraba en su interior las ilusiones que un día se había hecho respecto a mí.

Y a medida que el odio crecía, y lanzaba en su interior furiosas voces, la señora X era más amable conmigo, se interesaba por mi salud, siempre precaria, tenía conmigo esas atenciones que las mujeres que han sido un poco sensuales gastan con sus hijos varones, y como una monstruosa araña iba tejiendo en redor de mi responsabilidad una fina tela de obligaciones. Solo sus ojos negros e insolentes me espiaban de continuo, revisándome el alma y sopesando mis intenciones. A veces, cuando la incertidumbre se le hacía insoportable, estallaba casi en estas indirectas:

—Las amigas no hacen sino preguntarme cuándo se casan ustedes, y yo ¿qué les voy a contestar? Que pronto —o si no—: Sería conveniente, no le parece a usted, que la «nena» fuera preparando su ajuar.

Cuando la señora X pronunciaba estas palabras, me miraba fijamente para descubrir si en un parpadeo o en un involuntario temblor de un nervio facial se revelaba mi intención de no cumplir con el compromiso, al cual ella me había arrastrado con su conducta habilísima. Aunque tenía la seguridad de que le daría una sorpresa desagradable, fingía estar segura de mi «decencia de caballero», mas el esfuerzo que tenía que efectuar para revestirse de esa apariencia de tranquilidad, ponía en el timbre de su voz una violencia meliflua, violencia que imprimía a las palabras una velocidad de cuchicheo, como quien os confía apuradamente un secreto, acompañando la voz con una inclinación de cabeza sobre el hombro derecho, mientras que la lengua humedecía los labios resecos por ese instinto animal que la impulsaba a desear matarme o hacerme víctima de una venganza atroz.

Además de voluntariosa, carecía de escrúpulos, pues fingía articular con mis ideas, que le eran odiosas en el más amplio sentido de la palabra.

Y aunque aparentemente resulte ridículo que dos personas se odien en la divergencia de un pensamiento, no lo es, porque en el subconsciente de cada hombre y de cada mujer donde se almacena el rencor, cuando no es posible otro escape, el odio se descarga como por una válvula psíquica en la oposición de las ideas. Por ejemplo, ella, que odiaba a los bolcheviques, me escuchaba deferentemente cuando yo hablaba de las rencillas de Trotsky y Stalin, y hasta llegó al extremo de fingir interesarse por Lenin, ella, ella que se entusiasmaba ardientemente con los más groseros figurones de nuestra política conservadora. Acomodaticia y flexible, su aprobación a mis ideas era una injuria, me sentía empequeñecido y denigrado frente a una mujer que si yo hubiera afirmado que el día era noche, me contestara:

—Efectivamente, no me fijé que el Sol hace rato que se ha puesto.

Sintetizando, ella deseaba que me casara de una vez. Luego se encargaría de darme con las puertas en las narices y de resarcirse de todas las dudas en que la había mantenido sumergida mi noviazgo eterno.

En tanto la malla de la red se iba ajustando cada vez más a mi organismo. Me sentía amarrado por invisibles cordeles. Día tras día la señora X agregaba un nudo más a su tejido, y mi tristeza crecía como si ante mis ojos estuvieran serruchando las tablas del ataúd que me iban a sumergir en la nada.

Sabía que en la casa, lo poco bueno que persistía en mí iba a naufragar si yo aceptaba la situación que traía aparejada el compromiso. Ellas, la madre y la hija, me atraían a sus preocupaciones mezquinas, a su vida sórdida, sin ideales, una existencia gris, la verdadera noria de nuestro lenguaje popular, en el que la personalidad a medida que pasan los días se va desintegrando bajo el peso de las obligaciones económicas, que tienen la virtud de convertirlo a un hombre en uno de esos autómatas con cuello postizo, a quienes la mujer y la suegra retan a cada instante porque no trajo más dinero o no llegó a la hora establecida.

Hace mucho tiempo que he comprendido que no he nacido para semejante esclavitud. Admito que es más probable que mi destino me lleve a dormir junto a los rieles de un ferrocarril, en medio del campo verde, que a acarretillar un cochecito con toldo de hule, donde duerme un muñeco que al decir de la gente «debe enorgullecerme de ser padre».

Yo no he podido concebir jamás ese orgullo, y sí experimento un sentimiento de vergüenza y de lástima cuando un buen señor se entusiasma frente a mí con el pretexto de que su esposa lo ha hecho «padre de familia». Hasta muchas veces me he dicho que esa gente que así procede son simuladores de alegría o unos perfectos estúpidos. Porque en vez de felicitarnos del nacimiento de una criatura debíamos llorar de haber provocado la aparición en este mundo de un mísero y débil cuerpo humano, que a través de los años sufrirá incontables horas de dolor y escasísimos minutos de alegría.

Y mientras la «deliciosa criatura» con la cabeza tiesa junto a mi hombro soñaba con un futuro sonrosado, yo, con los ojos perdidos en la triangular verdura de un ciprés cercano, pensaba con qué hoja cortante desgarrar la tela de la red, cuyas células a medida que crecía se hacían más pequeñas y densas.

Sin embargo, no encontraba un filo lo suficientemente agudo para desgarrar definitivamente la malla, hasta que conocí al corcovado.

En esas circunstancias se me ocurrió la «idea» —idea que fue pequeñita al principio como la raíz de una hierba, pero que en el transcurso de los días se bifurcó en mi cerebro, dilatándose, afianzando sus fibromas entre las células más remotas— y aunque no se me ocultaba que era ésa una «idea» extraña, fui familiarizándome con su contextura, de modo que a los pocos días ya estaba acostumbrado a ella y no faltaba sino llevarla a la práctica.

Esa idea, semidiabólica por su naturaleza, consistía en conducir a la casa de mi novia al insolente jorobadito, previo acuerdo con él, y promover un escándalo singular, de consecuencias irreparables. Buscando un motivo mediante el cual podría provocar una ruptura, reparé en una ofensa que podría inferirle a mi novia, sumamente curiosa, la cual consistía:

Bajo la apariencia de una conmiseración elevada a su más pura violencia y expresión, el primer beso que ella aún no me había dado a mí, tendría que dárselo al repugnante corcovado que jamás había sido amado, que jamás conoció la piedad angélica ni la belleza terrestre.

Familiarizado, como les cuento, con mi «idea», si a algo tan magnífico se puede llamar idea, me dirigí al café en busca de Rigoletto.

Después que se hubo sentado a mi lado, le dije:

—Querido amigo: muchas veces he pensado que ninguna mujer lo ha besado ni lo besará. ¡No me interrumpa! Yo la quiero mucho a mi novia, pero dudo que me corresponda de corazón. Y tanto la quiero que para que se dé cuenta de mi cariño le diré que nunca la he besado. Ahora bien: yo quiero que ella me dé una prueba de su amor hacia mí... y esa prueba consistirá en que lo bese a usted. ¿Está conforme?

Respingó el corcovado en su silla; luego con tono enfático me replicó:

—¿Y quién me indemniza a mí, caballero, del mal rato que voy a pasar?

—¿Cómo, mal rato?

—¡Naturalmente! ¿O usted se cree que yo puedo prestarme por ser jorobado a farsas tan innobles? Usted me va a llevar a la casa de su novia y como quien presenta un monstruo, le dirá: «Querida, te presento al dromedario».

—¡Yo no la tuteo a mi novia!

—Para el caso es lo mismo. Y yo en tanto, ¿qué voy a quedarme haciendo, caballero? ¿Abriendo la boca como un imbécil, mientras disputan sus tonterías? ¡No, señor; muchas gracias! Gracias por su buena intención, como le decía la liebre al cazador. Además, que usted me dijo que nunca la había besado a su novia.

—Y eso, ¿qué tiene que ver?

—¡Claro! ¿Usted sabe acaso si a mí me gusta que me besen? Puede no gustarme. Y si no me gusta, ¿por qué usted quiere obligarme? ¿O es que usted se cree que porque soy corcovado no tengo sentimientos humanos?

La resistencia de Rigoletto me enardeció. Violentamente, le dije:

—Pero ¿no se da cuenta de que es usted, con su joroba y figura desgraciadas, el que me sugirió este admirable proyecto? ¡Piense, infeliz! Si mi novia consiente, le quedará a usted un recuerdo espléndido. Podrá decir por todas partes que ha conocido a la criatura más adorable de la tierra. ¿No se da cuenta? Su primer beso habrá sido para usted.

—¿Y quién le dice a usted que ése sea el primer beso que haya dado?

Durante un instante me quedé inmóvil; luego, obcecado por ese frenesí que violentaba toda mi vida hacia la ejecución de la «idea», le respondí:

—Y a vos, Rigoletto, ¿qué se te importa?

—¡No me llame Rigoletto! Yo no le he dado tanta confianza para que me ponga sobrenombres.

—Pero ¿sabés que sos el contrahecho más insolente que he conocido?

Amainó el jorobadito y ya dijo:

—¿Y si me ultrajara de palabra o de hecho?

—¡No seas ridículo, Rigoletto! ¿Quién te va a ultrajar? ¡Si vos sos un bufón! ¿No te das cuenta? ¡Sos un bufón y un parásito! ¿Para qué hacés entonces la comedia de la dignidad?

—¡Rotundamente protesto, caballero!

—Protestá todo lo que quieras, pero escuchame. Sos un desvergonzado parásito. Creo que me expreso con suficiente claridad ¿no? Les chupás la sangre a todos los clientes del café que tienen la imprudencia de escuchar tus melifluas palabras. Indudablemente no se encuentra en todo Buenos Aires un cínico de tu estampa y calibre. ¿Con qué derecho, entonces, pretendés que te indemnicen si a vos te indemniza mi tontería de llevarte a una casa donde no sos digno de barrer el zaguán? ¡Qué más indemnización querés que el beso que ella, santamente, te dará, insensible a tu cara, el mapa de la desvergüenza!

—¡No me ultraje!

—Bueno, Rigoletto, ¿aceptás o no aceptás?

—¿Y si ella se niega a dármelo o quedo desairado?...

—Te daré 20 pesos.

—¿Y cuándo vamos a ir?

—Mañana. Cortáte el pelo, limpiáte las uñas...

—Bueno..., présteme 5 pesos...

—Tomá 10.

A las nueve de la noche salí con Rigoletto en dirección a la casa de mi novia.

El giboso se había perfumado endiabladamente y estrenaba una corbata plastrón de color violeta.

La noche se presentaba sombría con sus ráfagas de viento encallejonadas en las bocacalles, y en el confín, tristemente iluminado por oscilantes lunas eléctricas, se veían deslizarse vertiginosas cordilleras de nubes.

Yo estaba malhumorado, triste. Tan apresuradamente caminaba que el cojo casi corría tras de mí, y a momentos tomándome del borde del saco, me decía con tono lastimero:

—¡Pero usted quiere reventarme! ¿Qué le pasa a usted?

Y de tal manera crecía mi enfurecimiento que de no necesitarlo a Rigoletto lo hubiera arrojado de un puntapié al medio de la calzada.

¡Y cómo soplaba el viento! No se veía alma viviente por las calles, y una claridad espectral caída del segundo cielo que contenían las combadas nubes, hacía más nítidos los contornos de las fachadas y sus cresterías funerarias.

No había quedado un trozo de papel por los suelos. Parecía que la ciudad había sido borrada por una tropa de espectros. Y a pesar de encontrarme en ella, creía estar perdido en un bosque.

El viento doblaba violentamente la copa de los árboles, pero el maldito corcovado me perseguía en mi carrera, como si no quisiera perderme, semejante a mi genio malo, semejante a lo malvado de mí mismo que para concretarse se hubiera revestido con la figura abominable del giboso.

Y yo estaba triste. Enormemente triste, como no se lo imaginan ustedes. Comprendía que le iba a inferir un atroz ultraje a la fría calculadora; comprendía que ese acto me separaría para siempre de ella, lo cual no obstaba para que me dijera a medida que cruzaba las aceras desiertas:

—Si Rigoletto fuera mi hermano, no hubiera procedido lo mismo —y comprendía que sí, que si Rigoletto hubiera sido mi hermano, yo toda la vida lo hubiera compadecido con angustia enorme. Por su aislamiento, por su falta de amor que le hiciera tolerable los días colmados por los ultrajes de todas las miradas. Y me añadía que la mujer que me hubiera querido debía primero haberlo amado a él.

De pronto me detuve ante un zaguán iluminado:

—Aquí es.

Mi corazón latía fuertemente. Rigoletto atiesó el pescuezo y, empinado sobre la punta de sus pies, al tiempo que se arreglaba el moño de la corbata, me dijo:

—¡Acuérdese! ¡Usted es el único culpable! ¡Que el pecado...!

Fina y alta, apareció mi novia en la sala dorada.

Aunque sonreía, su mirada me escudriñaba con la misma serenidad con que me examinó la primera vez cuando le dije: «¿me permite una palabra, señorita?», y esta contradicción entre la sonrisa de su carne (pues es la carne la que hace ese movimiento delicioso que llamamos sonrisa) y la fría expectativa de su inteligencia discerniéndome mediante los ojos, era la que siempre me causaba la extraña impresión.

Avanzó cordialmente a mi encuentro, pero al descubrir al contrahecho, se detuvo asombrada, interrogándonos a los dos con la mirada.

—Elsa, le voy a presentar a mi amigo Rigoletto.

—¡No me ultraje, caballero! ¡Usted bien sabe que no me llamo Rigoletto!

—¡A ver si te callás!

Elsa detuvo la sonrisa. Mirábame seriamente, como si yo estuviera en trance de convertirme en un desconocido para ella. Señalándole una butaca dorada le dije al contrahecho:

—Sentáte allí y no te muevas.

Quedóse el giboso con los pies a dos cuartas del suelo y el sombrero de paja sobre las rodillas y con su carota atezada parecía un ridículo ídolo chino. Elsa contemplaba estupefacta al absurdo personaje.

Me sentí súbitamente calmado.

—Elsa —le dije—, Elsa, yo dudo de su amor. No se preocupe por ese repugnante canalla que nos escucha. Óigame: yo dudo... no sé por qué..., pero dudo de que usted me quiera. Es triste eso..., créalo... Demuéstreme, déme una prueba de que me quiere, y seré toda la vida su esclavo.

Naturalmente, yo no estaba seguro de lo que quería expresar «toda la vida», pero tanto me agradó la frase que insistí:

—Sí, su esclavo para toda la vida. No crea que he bebido. Sienta el olor de mi aliento.

Elsa retrocedió a medida que yo me acercaba a ella, y en ese momento, ¿saben ustedes lo que se le ocurre al maldito cojo? Pues: tocar una marcha militar con el nudillo de sus dedos en la copa del sombrero.

Me volví al cojo y después de conminarle silencio, me expliqué:

—Vea, Elsa, y la única prueba de amor es que le dé un beso a Rigoletto.

Los ojos de la doncella se llenaron de una claridad sombría. Caviló un instante; luego, sin cólera en la voz, me dijo muy lentamente:

—¡Retírese!

—¡Pero! ...

—¡Retírese, por favor...; váyase!...

Yo me inclino a creer que el asunto hubiera tenido compostura, créanlo..., pero aquí ocurrió algo curioso, y es que Rigoletto, que hasta entonces había guardado silencio, se levantó exclamando:

—¡No le permito esa insolencia, señorita..., no le permito que lo trate así a mi noble amigo! Usted no tiene corazón para la desgracia ajena. ¡Corazón de peñasco, es indigna de ser la novia de mi amigo!

Más tarde mucha gente creyó que lo que ocurrió fue una comedia preparada. Y la prueba de que yo ignoraba lo que iba a ocurrir, es que al escuchar los despropósitos del contrahecho me desplomé en un sofá riéndome a gritos, mientras que el giboso, con el semblante congestionado, tieso en el centro de la sala, con su bracito extendido, vociferaba:

—¡Por qué usted le dijo a mi amigo que un beso no se pide..., se da! ¿Son conversaciones esas adecuadas para una que presume de señorita como usted? ¿No le da a usted vergüenza?

Descompuesto de risa, solo atiné a decir:

—¡Calláte, Rigoletto; calláte!...

El corcovado se volvió enfático:

—¡Permítame, caballero...; no necesito que me dé lecciones de urbanidad! —y volviéndose a Elsa, que roja de vergüenza había retrocedido hasta la puerta de la sala, le dijo—: ¡Señorita... la conmino a que me dé un beso!

El límite de resistencia de las personas es variable. Elsa huyó arrojando grandes gritos y en menos tiempo del que podía esperarse aparecieron en la sala su padre y su madre, la última con una servilleta en la mano.

¿Ustedes creen que el cojo se amilanó? Nada de eso. Colocado en medio de la sala, gritó estentóreamente:

—¡Ustedes no tienen nada que hacer aquí! ¡Yo he venido en cumplimiento de una alta misión filantrópica! ... ¡No se acerquen! —y antes de que ellos tuvieran tiempo de avanzar para arrojarlo por la ventana, el corcovado desenfundó un revólver, encañonándolos.

Se espantaron porque creyeron que estaba loco, y cuando los vi así inmovilizados por el miedo, quedéme a la expectativa, como quien no tuviera nada que hacer en tal asunto, pues ahora la insolencia de Rigoletto parecíame de lo más extraordinaria y pintoresca.

Este, dándose cuenta del efecto causado, se envalentonó:

—¡Yo he venido a cumplir una alta misión filantrópica! Y es necesario que Elsa me dé un beso para que yo le perdone a la humanidad mi corcova. A cuenta del beso, sírvanme un té con coñac. ¡Es una vergüenza cómo ustedes atienden a las visitas! ¡No tuerza la nariz, señora, que para eso me he perfumado! ¡Y tráigame el té!

¡Ah, inefable Rigoletto! Dicen que estoy loco, pero jamás un cuerdo se ha reído con tus insolencias como yo, que no estaba en mis cabales.

—Lo haré meter preso...

—Usted ignora las más elementales reglas de cortesía —insistía el corcovado—. Ustedes están obligados a atenderme como a un caballero. El hecho de ser jorobado no los autoriza a despreciarme. Yo he venido para cumplir una alta misión filantrópica. La novia de mi amigo está obligada a darme un beso. Y no lo rechazo. Lo acepto. Comprendo que debo aceptarlo como una reparación que me debe la sociedad, y no me niego a recibirlo.

Indudablemente... si allí había un loco, era Rigoletto, no les quede la menor duda, señores. Continuó él:

—Caballero... yo soy...

Un vigilante tras otro entraron en la sala. No recuerdo nada más. Dicen los periódicos que me desvanecí al verlos entrar. Es posible.

¿Y ahora se dan cuenta por qué el hijo del diablo, el maldito jorobado, castigaba a la marrana todas las tardes y por qué yo he terminado estrangulándole?

Las fieras

No te diré nunca cómo fui hundiéndome, día tras día, entre los hombres perdidos, ladrones y asesinos y mujeres que tienen la piel del rostro más áspero que cal agrietada. A veces, cuando reconsidero la latitud a que he llegado, siento que en mi cerebro se mueven grandes lienzos de sombra, camino como un sonámbulo y el proceso de mi descomposición me parece engastado en la arquitectura de un sueño que nunca ocurrió.

Sin embargo, hace mucho tiempo que estoy perdido. Me faltan fuerzas para escaparme a ese engranaje perezoso, que en la sucesión de las noches me sumerge más y más en la profundidad de un departamento prostibulario, donde otros espantosos aburridos como yo soportan entre los dedos una pantalla de naipes y mueven con desgano fichas negras o verdes, mientras que el tiempo cae con gotear de agua en el sucio pozal de nuestras almas.

Jamás le he hablado a ninguno de mis compañeros de ti, ¿y para qué?

La única informada de tu existencia es Tacuara. Apretando en el bolsillo un rollo de dinero, entra a la pieza después de las cuatro de la madrugada. El pelo de Tacuara es lacio y renegrido; los ojos oblicuos y pampas; la cara redonda y como espolvoreada de carbón, y la nariz chata. Tacuara tiene una debilidad: es la lectura de la «Vida Social», y una virtud la de gustarle a los descargadores de naranjas y hombres de la ribera de San Fernando.

Ceba mate mientras yo, espatarrado en la cama, pienso en ti, a quien he perdido para siempre.

Lo dificultoso es explicarte cómo fui hundiéndome día tras día.

A medida que pasan los años, cae sobre mi vida una pesada losa de inercia y acostumbramiento. La actitud más ruin y la situación más repugnante me parece natural y aceptable. Me falta extrañeza para recordar los muros de los calabozos donde he dormido tantas veces.

Pero a pesar de haberme mezclado con los de abajo, jamás hombre alguno ha vivido más aislado entre estas fieras que yo. Aún no he podido fundirme con ellos, lo cual no me impide sonreír cuando alguna de estas bestias la estropea a golpes a una de las desdichadas que lo mantiene, o comete una salvajada inútil, por el solo gusto de jactarse de haberla realizado.

Muchas veces acude tu nombre a mis labios. Recuerdo de la tarde cuando estuvimos juntos, en la iglesia de Nueva Pompeya. También me acuerdo del podenco del sacristán. Empinando el hocico y el paso tardo, cruzaba el mosaico del templo por entre la fila de bancos... pero han pasado tantos cientos de días, que ahora me parece vivir en una ciudad profundísima, infinitamente abajo, sobre el nivel del mar. Una neblina de carbón flota permanente en este socavón de la infrahumanidad; de tanto en tanto chasquea el estampido de una pistola automática, y luego todos volvemos a nuestra postura primera, como si no hubiera ocurrido nada.

Incluso he cambiado de nombre, de manera que aunque a todos los que pasan les preguntaras por mí, nadie sabría contestarte.

Sin embargo, vivimos aquí en la misma ciudad, bajo idénticas estrellas.

Con la diferencia, claro está, que yo exploto a una prostituta, tengo prontuario y moriré con las espaldas desfondadas a balazos mientras tú te casarás algún día con un empleado de banco o un subteniente de la reserva.

Y si me resta tu recuerdo es por representar posibilidades de vida que yo nunca podré vivir. Es terrible, pero rubricado en ciertos declives de la existencia, no se escoge. Se acepta.

Estalló tu recuerdo, una noche que tiritaba de fiebre arrojado al rincón de un calabozo. No estaba herido, pero me habían golpeado mucho con un pedazo de goma y la temperatura de la fiebre movía ante mis ojos paisajes de perdición.

Grisáceo como el trozo de un film, pasaba el recuerdo del primer viaje que efectué a un prostíbulo de provincia, con Tacuara. Era la una de la tarde y un coche desvencijado nos llevaba por un callejón sombrío, acolchado de polvo. El Sol centelleaba en el muro rojo del prostíbulo, y frente a la puerta de chapa de hierro engastada en la muralla de ladrillo había un pantano de orines y un poste para atar los caballos. El viento hacía chirriar en su soporte un farol de petróleo.

Nunca olvidaré. El macro judío me adelantó cincuenta latas sobre el trabajo de la mujer en la semana, y entonces marché a entrevistarme con el jefe político y el comisario... Estas iniquidades pasaban por mi memoria mientras estaba tendido en el piso de portland del calabozo. A momentos creía que iba a morir. Entreabría los párpados y distinguía murallas rodeadas de otros cercos por otros subsuelos, y durante un minuto mi vida transcurrió el espacio de un siglo en el fondo de los calabozos. Otros hombres, como yo, tenían los pulmones machucados a golpes de goma. Una cuña de gran sufrimiento me partió el cerebro, y más allá de la ferocidad de todos nosotros, oprimidos u opresores, más allá de la dureza de las grises piedras cuadradas, distinguí tu semblante pálido y la almendra aceituna de tus ojos.

Fue un martillazo en la sensibilidad. Nunca pude despierto imaginarme tu rostro con la nitidez que en la vorágine del delirio destacaba su relieve, luego la obsesión del castigo me volcó en la crueldad del interrogatorio. Me indagaban a golpes por el asesinato de una mujer con la cual nada tenía que ver.

Después salí. Más tarde me detuvieron otra vez. En la sombra me acompañaba tu recuerdo y en la vida, fiel como una perra, la mulata Tacuara.

¡Tacuara! ¿A dónde no habré ido con Tacuara?

Por ella conocí el asqueroso aburrimiento complicado con olores de polvo de arroz de los lenocinios de provincias, la regenta en chancletas cuidando un brasero que enceniza el piso de la sala, el mate que rueda lentamente entre las manos de diez rameras pitañosas, el viento que sacude la madera de los postigos porque los vidrios están rotos y se han sustituido los cristales con alambre de fiambrera, mientras llega desde afuera el ruido informe de un carro de ruedas gigantescas, cargado con una pirámide de bolsas de maíz, y el látigo chasquea junto a las orejas de los ocho caballos envueltos en grandes nubes de tierra amarilla.

Por Tacuara conocí los prostíbulos más espantosos de provincias. Aquellos en que la pieza no tiene cama, sino un jergón de chala tirado en el suelo de ladrillos, y mujeres con labios perforados de chancros sifilíticos. He comido sopa de locro y he bailado tangos más siniestros que agonía en salas tan inmensas como cuadras de un cuartel. Había allí bancos de madera sin cepillar y en los rincones negras sosteniendo con un brazo a un recién nacido a quien amamanta con un pecho, mientras que para no perder tiempo con la mano libre le desprendían los pantalones a un ebrio rijoso.

¡A dónde no habré ido con Tacuara!

En su compañía he recorrido todo el sur de la provincia, Bahía Blanca, Marcos Juárez y Azul, después estuvimos en

Rosario de Santa Fe, Córdoba, Río Cuarto, Villa María y Bell Ville.

Con el auxilio de los políticos, a veces fui timbero y otras despaché chinchulines y parrilla criolla en bodegones montados a la orilla de establecimientos donde trabajaba con todos los hombres mi único amor.

Viajamos por agua.

Estuve en Paraná, Corrientes, Misiones. Pasé a Santa Ana do Livramento, Río Grande do Sul, San Pablo. En San Pablo, al expulsarme de la ciudad los carabineros, me tiraron encima de un vagón de carga y me rompieron tres costillas. Pasamos a Río de Janeiro, y Tacuara se inscribió en un prostíbulo de Laranyeiras. La casa de piedra mostraba en el frontín un mosaico con la Virgen y el Niño, y bajo el mosaico una lámpara eléctrica que iluminaba una garita abierta en la pared y entrelazada de perpendiculares barras de hierro a la altura de la cintura. En esta hornacina, tiesa como una estatua, de pie, Tacuara hacía cinco horas de guardia. A través de las rejas los hombres que le apetecían podían tocarle las carnes para constatar su dureza. En aquel barrio de mil prostitutas, y adornado de palmas y Cirios los días de Pascua, un retén de gendarmes, armados de carabinas, mantenían el orden para evitar que catangas y marineros se liaran a cuchilladas.

Volvimos a Buenos Aires.

Yo extrañaba mi calle Corrientes, y ella su dormitorio con olor a naranjas en la barrera de San Fernando y el dulce y monótono zumbido de las sierras de las cajonerías para fruta del Delta.

Y así, fui hundiéndome día tras día, hasta venir a recalar en este rincón de Ambos Mundos. Aquí es donde nos reunimos Cipriano, Guillermito el Ladrón, Uña de Oro, el Relojero y Pibe Repoyo.

Por la noche llegan perezosamente hasta la mesa de junto a la vidriera, se sientan, saludan de soslayo a la muchacha de la victrola, piden un café y en la posición que se han sentado permanecen horas y más horas, mirando con expresión desgarrada, por el vidrio, la gente que pasa.

En el fondo de los ojos de estos ex hombres se diluye una niebla gris. Cada uno de ellos ve en sí un misterio inexplicable, un nervio aún no clasificado, roto en el mecanismo de la voluntad. Esto los convierte en muñecos de cuerda relajada, y este relajamiento se traduce en el silencio que guardamos. Nadie aún lo ha observado, pero hay días que entre cuatro, apenas si pronunciamos veinte palabras.

De un modo o de otro hemos robado, algunos han llegado hasta el crimen; todos, sin excepción, han destruido la vida de una mujer, y el silencio es el vaso comunicante por el cual nuestra pesadilla de aburrimiento y angustia pasa de alma a alma con roce oscuro. Esta sensación de aniquilamiento torvo, con las muecas inconscientes que acompañan al recuerdo canalla, nos pone en el rostro una máscara de fealdad cínica y dolorosa.

¡Y qué prójimos los nuestros! ¡Qué historias las que pueden contar!

Por ejemplo... el negro Cipriano:

Es rechoncho como un ídolo de chocolate.

En otros tiempos trabajó de cocinero en un prostíbulo. Cuenta, y orgullosamente, que vestido de blanco, le servía a una escogida concurrencia de rufianes y macrós un congrio aderezado en una bandeja de plata.

Aunque no lo diga, se enternece evocando los paisajes sonrosados.

—Los ojos se le humedecen e inundan de venitas de sangre, y bien se comprende: siente nostalgia de los tiempos en que era confidente de la regenta. Ésta, con las tetas volcadas entre las puntillas de su peinador, prostituía menores de catorce años, para servirlas a la voracidad de terribles magistrados y potentados ancianos. Luego secreteaba con Cipriano cuanto había ganado, y el negro era feliz, se comprendía el hombre de confianza de la casa. No se llega impunemente a estas alturas. Con los achocolatados párpados entreabiertos y las quijadas apoyadas en los puños, Cipriano, como un yacaré que sueña con la manigua, persigue con ojos amarillos fabulosas memorias, fiestas de traficantes polacos y marselleses, rufianes grasientos como fardos de sebo, e implacables como verdugos.

Estos hombres tenían la piel del cogote más roja que el colodrillo de los pavos, y ricitos de oro se escapaban por los agujeros de las narices y las orejas.

Despreciaban profundamente los países donde medraban, les escupían en la cara a los empleados de policía inferiores, y compraban a los jefes políticos con cheques que firmaban guiñando un ojo socarronamente.

Cipriano sabe muchas cosas, y cuando se le apura, confiesa que nada le agrada tanto como violar a un muchachito, o acostarse con un marinero de la Martinica.

Y sin embargo sonríe con la ingenuidad de un monstruo jovial.

Nadie, viéndolo, pensaría que él, el cocinero de los prostíbulos, era además el encargado de tatuarle con un látigo rayas moradas en las nalgas a las prostitutas desobedientes. Cuando recuerda las mujeres que castigó, sonríe con dulzura de hipopótamo resoplando agua y barro en el cañaveral de una manigua.

Y más dulzura bondadosa encierra su sonrisa, al rememorar los menores que violó, dramas de leonera, un chico maniatado por cinco ladrones que le apretaban contra el suelo tapándole la boca, luego ese grito de entraña roto que sacude como una descarga de voltaje el cuerpo sujetado... y la fila de hombres, que con los pantalones sostenidos con una mano, aguardan turno, mientras que el cuerpo del niño perforado por un dolor terrible se arquea y luego cae exánime.

Y si alguien, para mofarse, le pregunta qué es lo que prefiere, una muchacha o un ladroncito, Cipriano que se jacta de haber «desmayado grandes», entrecierra los ojos y hace rechinar los dientes. Como un cocodrilo adormilado en la marisma, apetece la inmundicia, y solo cuando está muy contento dice algunas palabras en un dulce francés de la Martinica.

Por otra parte es muy católico y siempre que pasa ante una iglesia se descubre respetuosamente.

Tosiendo penosamente se sienta algunas veces a nuestra mesa Angelito el Potrillo, ratero y tuberculoso.

Tiene treinta años de edad, de los cuales ha pasado diez en el cuadro quinto, cansado de repetir siempre la misma infracción inexistente «portación de armas»

Lo perdieron las malas juntas.

Cuando se enoja tartamudea. Con la visera de la gorra hundida sobre los ojos se sumerge en intrincados problemas de ajedrez, y se jacta de ser campeón de damas, y aunque ello es verosímil, para expresar sus ideas utiliza un procedimiento un poco absurdo. Por ejemplo, dice del Japonés, un ladrón oscuro y feroz, que siempre encuentra laudables pretextos para desenvainar el cuchillo:

—Es como una niña.

Indudablemente, resulta dificultoso comprender qué es lo que entiende por «una niña» Angelito el Potrillo.

Cuando Angelito está bien de salud y no se encuentra preso, desaparece durante un tiempo de la ciudad en compañía del Japonés. Recorren el interior explotando el cuento de «filo misho» y otros ardides más o menos sutiles, pues Angelito el Potrillo no es como aquellos perdularios que no practican sino su especialidad, sino que a él, «le da tanto un barrido como un fregado».

Por ahora Angelito está muy débil y no viaja.

Permanece horas y horas con una sien apoyada en el vidrio, mirando hacia la calle, y los pesquisas que pasan saben que él está enfermo, que no puede robar y no lo detienen. Incluso algunos lo saludan y Angelito hace un gesto ahuecado en sonrisa. Dice que «es un consuelo saber que se va a morir entre la consideración de la gente correcta». ¡No te diré cómo fui hundiéndome día tras día!

Ahora cada uno de nosotros lleva un recuerdo terrible que es una bazofia de tristeza. Ayer... hoy .. mañana...

Hundiéndome día tras día.

Cómo explicar este fenómeno que deja libre la inteligencia, mientras los sentimientos embadurnados de inmundicia nos aplastan más y más en toda renunciación a la luz. Por eso la mala palabra nos muequea en la jeta, y para cada rostro de mujer la mano se nos crispa en una tentación de cachetada, porque junto a nosotros, no se encuentra aquella, la preciosísima que nos destrozó la vida en una encrucijada del tiempo que fue. ¿Para qué hablar? Si todo lo dice el silencio de sombras que entolda el bar amarillo, donde se inclinan las cabezas que ya no tienen esperanzas terrestres. Fieras enjauladas, permanecemos tras los barrotes de los pensamientos residuos, y por eso es que la sonrisa canalla se despega tan dificultosamente del semblante encolado en una contracción de aburrimiento perrero.

Los días son negros, las noches más encajonadas que calabozos.

A veces pasa tu recuerdo por mi memoria como una estrella de siete puntas, y Tacuara como si adivinara tu tránsito celeste por mi vida, me examina rápidamente de pies a cabeza y me dice como si ella fuera mi igual:

—¿Qué te pasa? ¿Te duele el corazón?

Su ojo derecho se entrecierra casi, alarga el cuello, frunce los labios finos, y a medias torcida como si hubiera quedado desfigurada por una hemiplejia, me pregunta:

—¿Te acordás de ella?

No te diré cómo fui hundiéndome día tras día. Quizá ocurrió después del horrible pecado. La verdad es que fui quedando aislado.

Caminaba como antes por las calles, miraba los objetos que se exhiben en las vitrinas, y hasta me detenía sorprendido frente a ciertas ingeniosidades de la industria, mas la verdad es que estaba horriblemente solo.

Alguna que otra vez sentía en mis mejillas el frío roce de un alma que me buscaba por la tierra con su pobre pensamiento encadenado. Un escalofrío se descargaba entonces a través de los intersticios de mis vértebras.

Luego la noche del pensamiento caía sobre mí y estuve mucho tiempo sumergido en el crepúsculo que ya no era terrestre, y tal como deben conocerlo aquellos que la medicina clasifica con el nombre de idiotas profundos.

Llegué así por descendimientos progresivos hasta la miseria de esta amistad silenciosa, en la que los infaltables son Uña de Oro, el Pibe Repoyo y el Relojero.

El Relojero no habla nunca. A lo más sonríe melancólicamente. De vez en cuando le suministra a su «señora» una paliza brutal, y si Guillermito el Ladrón, le pregunta por qué le pega, el Relojero se encoge de hombros, sonríe dolorosamente y contesta después de rumiar largo rato su respuesta:

—Qué sé yo. Será porque estoy aburrido.

Guillermito cuida el físico, gasta reloj pulsera de oro, se da fomentos faciales y rayos ultravioletas, pero en la frente tiene el croquis de una arruga rápida, crispación que anticipa el gesto de echar la mano a la cintura para sacar el revólver y resolver un asunto de vida o de muerte. Jamás ha robado en la ciudad, y siempre conversa de instalar una timba. Aspira como yo lo fui en otros tiempos, a ser dueño de un recreo con parrilla criolla, pero aún no dispone del necesario capital y sus opiniones políticas no pueden ser más estúpidas.

Está con Yrigoyen y la democracia.

Uña de Oro seduce a las «loquitas» con su perfil de gavilán y los transparentes ojos verdosos y la crueldad felina de sus maxilares que acompañan el impulso de las sienes huidas hacia las orejas puntiagudas. Cuando está cansado apoya los brazos en la mesa, agacha la cabeza y se duerme en la turbamulta del café, con ronquido feroz

¿Es necesario describir estas cosas simples, bestiales, primitivas?

Nos comunicamos con el silencio. Un silencio que se descarga en la mirada o en una inflexión de los labios respondiendo con un monosílabo a otro monosílabo. Cada uno de nosotros está sumergido en un pasado oscuro donde los ojos de tanto haber fijado, se han inmovilizado como los de cretinos que miran absurdamente un rincón sucio.

¿Qué miramos?

No te lo podría decir. Sé que por donde he ido me he acordado de ti, y que llegué a profundidades increíblemente tristes. Ahora mismo... cierro los ojos, como Uña de Oro cargo la frente sobre el dorso de las manos... pero no duermo. Pienso que es triste no saber a quién matar.

De pronto el choque del cubilete de los dados revienta en mis oídos como la descarga de un revólver, levanto la cabeza y revuelvo una saliva de veneno. La vida continúa siempre igual, adentro y afuera, y este silencio es una verdad, un intervalo donde descansa nuestra expectativa de una mala noticia, ya que es necesario aguardaría siempre, aguardaría siempre en el desconocido que entre inopinadamente al café o en el tembleque o de la campanilla del teléfono.

Jugando a los naipes o al dominó, volteando dados o una moneda, bajo la apariencia de olvido persiste una constante tensión nerviosa, una especie de «alerta está», vigilancia inconsciente, sobresalto imperceptible que mueve permanentemente los párpados y las pupilas, en un soslayar siniestro.

Ningún desconocido al entrar a este café escapa a ese examen, tendido en invisible abanico de noventa grados, sobre el círculo de los naipes o las geometrías blancas y negras de las fichas de dominó.

Cuando no se juega, los mentones descansan engastados en las palmas de las manos. El cigarrillo se consume lentamente en el vértice de los labios y entonces... cuando menos se espera aparece el sufrimiento sordo, una como nostalgia de las entrañas que ignoran lo que quieren, arruga las frentes, ¡ah! cómo explicar esta desesperación, nos lanzamos a la calle, vamos hacia los departamentos donde nunca falta una atorranta con la cual acostarse, y desfogar babeando en un mal sueño este dolor que no se sabe de dónde viene ni para qué.

Y es que todos llevamos adentro un aburrimiento horrible, una mala palabra retenida, un golpe que no sabe dónde descargarse, y si el Relojero la desencuaderna a puntapiés a su mujer, es porque en la noche sucia de su pieza, el alma le envasa un dolor que es como desazón de un nervio en un diente podrido.

Y cuando este dolor, que ellos ignoran con qué palabras se puede nombrar, estalla en un corazón, el que permanecía callado barbotea una injuria, y por resonancia los otros también responden, y de pronto la mesa que hasta ese momento parecía un círculo de dormidos se anima de injurias terribles y de odios sin razón, y sin saber cómo surgen agravios antiguos y ofensas olvidadas. Y si no llegan a las manos es porque nunca falta un comedido que interviene a tiempo y recuerda con melifluo palabrerío las consecuencias de la gresca.

Una fiesta que no hay dinero con qué pagarla, es la llegada de desconocidos y amigos perdidos a la mesa. Vienen del interior. Han estado robando en provincias. O purgando una pena en la cárcel. O estafando en los trenes. Pero, tengan la cabeza rapada o melenuda, no importa: sus historias y su dinero bien valen la acogida que se les hace; y entonces por un minuto el mozo se soflama. Tal diversidad de bebidas solicitan los gaznates distintos. Una alegría espantosa estalla en el interior de cada fiera, y siguiendo el impulso de una vanidad inexplicable, de un orgullo demoniaco, se habla... Si se habla es de cacerías de mujeres en el corazón de la ciudad, su persecución en los clandestinos de extramuros donde se ocultan; si se habla, es de riñas con bandas enemigas que las han raptado, de asaltos, de emboscadas, de robos, escalamientos y fracturas. Si se habla es de viajes en transportes nacionales a «la tierra», si se habla es de la cárcel, de las eternas noches en la «berlina» (calabozo triangular donde el detenido no puede acostarse ni sentarse), si se habla es de los procedimientos de los jueces, de los políticos a quienes están vendidos, de los pesquisas y sus ferocidades, de interrogatorios, careos, indagatorias y reconstrucciones, si se habla es de castigos, dolores, torturas, golpes sobre el rostro, puñetazos en el estómago, retorcimiento de testículos, puntapiés en las tibias, dedos prensados, manos retorcidas, flagelaciones con la goma, martillazo con la culata del revólver... si se habla es de mujeres asesinadas, robadas, fugitivas, apaleadas...

Siempre los mismos temas: el crimen, la venalidad, el castigo, la traición, la ferocidad. Lentamente humean los cigarros. Cada frente crispa un mal recuerdo. En una distancia Luego sobreviene el silencio. Los desconocidos se marchan acompañados del camarada que los presentó.

Entonces las miradas recorren las mesas próximas, se detienen en la muchacha que atiende la victrola, estalla un comentario breve y cruel como un petardo, una sonrisa fría encrespa algún labio, ya que se sabe con quien está por caer la desgraciada, incluso el que la ronda ya ha anticipado el número de palizas que le suministrará, un fósforo crepita al encenderse entre dos dedos y el humo azulento sube despacio hacia el plafond.

¡Oh! cuántas, cuántas cosas se cuentan en pocas palabras en estas interminables noches negras.

Una vez es Guillermito, otras Uña de Oro. Uña de Oro, por ejemplo, cuenta cómo fue que una vez le atravesó con un cortaplumas la palma de la mano a una mujer.

Ella quería irse a vivir con él, y Uña le preguntó si estaba dispuesta a darle una prueba de amor, y cuando la meretriz le preguntó en qué consistía la prueba de amor, él le contestó: dejarse atravesar la mano con un cuchillo, y como ella accedió, le clavó la mano en la tabla de la mesa.

Relatos de esta índole son frecuentes, pero para qué criticar las ferocidades inútiles. Todos estamos conscientes que en un momento dado de nuestras vidas, por aburrimiento o angustia, seremos capaces de cometer un acto infinitamente más bellaco que el que no condenamos. A decir la verdad, aploma a nuestras consciencias un sentimiento implacable, quizá la misma fiera voluntad que encrespa a las bestias carniceras en sus cubiles de los bosques y las montañas.

Además, conocemos muchas tristezas que ni el mismo naipe es capaz de disolver, hastíos semejantes a chalecos de fuerza ciñen nuestros instintos hasta el día que caigamos bajo el cuchillo de un enemigo, o la bala de alguien que hace mucho tiempo nos está esperando entre las tinieblas. Porque a cada uno de nosotros, lo espera alguien.

Después de haber vivido de esta manera, es lógico estar colmado de un silencio tan hosco, mudez de fiera que ha recibido de la vida una fuerza maldita, utilizable solo en los bajíos del mal.

Ahora en la mesa del café, bajo las luces amarillas, blancas y azules, el silencio constituye un reposo. Tenemos necesidad de un poco de descanso, para que se asienten nuestras infamias calladas, nuestros crímenes flojos.

La música retoba el aburrimiento.

Un tango antiguo nos recuerda un momento carcelario, otros la noche del hallazgo de una mujer, otros un instante terrible de cuando andábamos en la mala.

Si el tango se hace bronco, un espasmo nos retuerce el alma. Se recuerda entonces el placer rojo y terrible de aplastarle a puñetazos la cara a una mujer, o también el goce de bailar trenzados con una hembra esquiva en una milonga asesina, o también el primer dinero que nos dio la mujer que nos inició en la vida, billete de 10 pesos que ella sacó de la liga y que nosotros recibimos con alegría temblorosa porque ese dinero lo había ganado acostándose con otros.

Lloro de bandoneones que lo despeina a uno en dulces recuerdos, primeras emociones agridulces de vida de cafishio: la mujer que va por la calle con un hombre; la mujer que ríe en la mesa acompañada de tres hombres, sensación de procacidad y ráfaga; la mujer que durante la noche ha hecho la recorrida del café y la pieza del brazo de clientes que pasaban ante los ojos, emoción que colma la expectativa de algunas palabras susurradas subrepticiamente: «Esperá un momento querido, que pronto me desocupo».

El tango nos empenacha el alma del recuerdo de primitivas alegrías: la mujer de todos pavoneándose en compañía de aquel a quien le regala su dinero, la gente mirándonos al pasar, los giles asombrándose de las pornografías de la conversación, las tenidas en las piezas de las amigas, las presentaciones de rigor: «Le presento a mi marido».

Tardes de lluvia desperdigadas entre largas rondas de mate, la victrola en un rincón, la bandeja de masas arrumbada entre tarros de gomina. Si la mujer hace la calle, la reglamentaria despedida a las cuatro, el «hasta luego querido», el «tené cuidado con los tiras, nena» y la mujer que en el instante de la despedida siempre tiene un gesto raro, casi doloroso al principio en el oficio y que mediante un esfuerzo de voluntad recubre su rostro de una máscara de impasibilidad convirtiéndose instantáneamente en otra, mezclándose a los transeúntes con el tardo paso de la yiranta. Inmediatamente a uno le cruza la mente esta preocupación: «En fija la encanan hoy» o «¿No será la última vez que la veo hoy?»

Por eso, cuando en el silencio que guardamos junto a la mesa de café, repiquetea el timbre del teléfono, un sobresalto nos mueve las cabezas, y si no es para nosotros, bajo las luces blancas, bermejas o azules, Uña de Oro bosteza y Guillermito el Ladrón barbota una injuria, y una negrura que ni las mismas calles más negras tienen en sus profundidades de barro, se nos entra a los ojos, mientras tras el espesor de la vidriera que da a la calle pasan mujeres honradas del brazo de hombres honrados.

Libros a la carta

A la carta es un servicio especializado para
empresas,
librerías,
bibliotecas,
editoriales
y centros de enseñanza;
y permite confeccionar libros que, por su formato y concepción, sirven a los propósitos más específicos de estas instituciones.

Las empresas nos encargan ediciones personalizadas para marketing editorial o para regalos institucionales. Y los interesados solicitan, a título personal, ediciones antiguas, o no disponibles en el mercado; y las acompañan con notas y comentarios críticos.

Las ediciones tienen como apoyo un libro de estilo con todo tipo de referencias sobre los criterios de tratamiento tipográfico aplicados a nuestros libros que puede ser consultado en Linkgua-ediciones.com.

Linkgua edita por encargo diferentes versiones de una misma obra con distintos tratamientos ortotipográficos (actualizaciones de carácter divulgativo de un clásico, o versiones estrictamente fieles a la edición original de referencia).

Este servicio de ediciones a la carta le permitirá, si usted se dedica a la enseñanza, tener una forma de hacer pública su interpretación de un texto y, sobre una versión digitalizada «base», usted podrá introducir interpretaciones del texto fuente. Es un tópico que los profesores denuncien en clase los desmanes de una edición, o vayan comentando errores de interpretación de un texto y esta es una solución útil a esa necesidad del mundo académico.

Asimismo publicamos de manera sistemática, en un mismo catálogo, tesis doctorales y actas de congresos académicos, que son distribuidas a través de nuestra Web.

El servicio de «libros a la carta» funciona de dos formas.

1. Tenemos un fondo de libros digitalizados que usted puede personalizar en tiradas de al menos cinco ejemplares. Estas personalizaciones pueden ser de todo tipo: añadir notas de clase para uso de un grupo de estudiantes, introducir logos corporativos para uso con fines de marketing empresarial, etc. etc.

2. Buscamos libros descatalogados de otras editoriales y los reeditamos en tiradas cortas a petición de un cliente.

www.ingramcontent.com/pod-product-compliance
Lightning Source LLC
Chambersburg PA
CBHW030415310726
48979CB00002B/429